Vente du Lundi 11 Février 1884

HOTEL DROUOT, SALLE N°

A DEUX HEURES PRÉCISES

COLLECTION

D'ANCIENNES

FAÏENCES

DE

Rouen, Nevers, Strasbourg, Marseille, Moustiers

PORCELAINES

De Sèvres, de Saxe, de Chine et du Japon

MEUBLES D'ART, BRONZES

Orfévrerie, Bijoux anciens, Émaux, Ivoires
Bois sculptés

EXPOSITION PUBLIQUE

Le Dimanche 10 Février 1884, de 1 heure à 5 heures

Me MAURICE DELESTRE, Commissaire-Priseur,
rue Drouot, 27,
M. ANCEL OPPENHEIM, Expert, rue Le Peletier, 10.

PARIS — 1884

Vve **RENOU, MAULDE et COCK**

IMPRIMEURS DE LA COMPAGNIE DES COMMISSAIRES-PRISEURS

Rue de Rivoli, 144

CATALOGUE

D'UNE COLLECTION

D'ANCIENNES

FAÏENCES

DE

Rouen, Nevers, Strasbourg, Marseille, Moustiers

GROUPE DE NIEDERWILLER

PORCELAINES

De Sèvres, de Saxe, de Chine et du Japon

MEUBLES

Henri II, Louis XIII, Louis XIV et Louis XVI

TAPISSERIE RENAISSANCE

ORFÉVRERIE, BIJOUX ANCIENS

Ivoires sculptés. — Émaux de Limoges. — Bronzes. — Cartels
Bois sculptés, etc.

DONT LA VENTE AURA LIEU

HOTEL DROUOT, SALLE N° 5

Le Lundi 11 Février 1884

A DEUX HEURES PRÉCISES

Mᵉ MAURICE DELESTRE, Commissaire-Priseur,
rue Drouot, 27,

M. ANCEL OPPENHEIM, Expert, rue Le Peletier, 19.

EXPOSITION PUBLIQUE

Le Dimanche 10 Février 1884, de 1 heure à 5 heures.

PARIS — 1884

CONDITIONS DE LA VENTE

—

Elle sera faite au comptant.

Les Acquéreurs paieront CINQ POUR CENT en sus
des enchères.

L'Exposition mettant le Public à même de se
rendre compte de l'état des Objets, il ne sera
admis aucune réclamation une fois l'adjudication
prononcée.

DESIGNATION

FAIENCES DE ROUEN

1 — Grand Plat rond, décor bleu, Lambrequins
    et Amours supportant un écusson.

2 — Plat rond polychrome Guillebeau, bordure
    fruits et fleurs; au centre, un bouquet.

3. — Compotier polychrome; décor au carquois.

4 — Compotier polychrome ; décor chinois avec
    rocailles.

5 — Compotier octogone polychrome ; bouquet
    central entouré de guirlandes.

6-7 — Deux Porte-Bouquets polychromes.

8 — Plat octogone long, bleu et jaune.

9 — Soupière polychrome à la corne.

10 — Assiette au carquois.

11 — Bannette dentelée, à anses au carquois.

12-13 — Deux Assiettes bleu et rouge, à guir-
    landes et bouquet central.

14 — Assiette, bordure quadrillée, sujet central
    Guillebeau.

15 — Plat rond à la corne,

16 — Piédouche d'un Christ.

17 — Plat long octogone polychrome.

18 — Assiette à oiseaux (Vavasseur).

19 — Assiette; décor bleu,

20 — Assiette à la corne.

21 — Petit Compotier à oiseaux (Vavasseur).

22 — Pichet normand : figure de Saint (J. Dumont, 1798).

23 — Encrier rouge et bleu, forme cœur.

24 — Encrier, décor quadrillé de vert Guillebeau.

25 — Compotier fond bleu, bouquets blancs, style de Nevers.

26 — Plat rond, décor style de Nevers.

27 — Plat long octogone, bords arrondis quadrillés verts, feuillage au centre (Guillebeau).

28-29 — Deux Porte-Bouquets bleu, rouge et jaune.

30 — Porte-Huilier bleu.

31 — Plat octogone, bord bleu et rouge.

32 — Plat octogone, bordure vert, jaune, bleu, genre Nevers.

33 — Huilier; décor chinois (Guillebeau).

34 — Plat; décor à la corne.

35 — Deux Lionceaux.

36-37 — Deux Porte-Bouquets (Guillebeau).

38 — Bannette oblongue; décor bleu.

39 — Assiette à oiseaux (Vavasseur).

40 — Grand Plat rond à beaux dessins bleus, très couvert.

NEVERS

41 — Cache-Pot bleu manganèse.

MOUSTIERS

42 — Soupière J. V. N.

43 — Ecuelle à grotesques vert et jaune.

44 — Porte-Huilier à fleurettes.

45 — Fontaine et son Bassin, décor jaune.

46 — Plat rond, grotesques vert, bleu et jaune.

47 — Plat oblong vert et jaune, grotesques.

48 — Petit Plat oblong,'grotesques vert et jaune.

49 — Compotier oblong, sujet central.

50-51 — Deux Assiettes violettes, à sujets.

52 — Compotier blanc, vert et jaune,

53 — Assiette jaune, à guirlandes.

MARSEILLE

54 — Assiette à fleurs.

55 — Deux Statuettes bleu et blanc.

56 — Surtout à fleurs.

57 — Soupière à fleurs, fruits et légumes en relief.

LILLE

58 — Assiette : (le petit Chien qui secoue des perles.

59 — Pichet; décor bleu et jaune.

STRASBOURG

60 — Plat oblong bleu.

61 — Assiette; décor à fleurs.

62 — Compotier, fleurs (Hanongue.)

63 — Deux Plats, bords à jour.

64 — Plat oblong, décor à la rose.

65 — Assiette creuse à fleurs.

NAPLES

66 — Fontaine et son Bassin, forme conque.
Grande et belle pièce.

NIEDERWILLER

67 — Grand et très beau Groupe : Vénus et les
Amours.

68 — Assiette rose (Paysage).

VINCENNES

69-70 — Deux Statuettes : Adam et Ève.

71 — Deux Bouts-de-Table à la reine.

SCEAUX

72 — Plat rond, bords dorés dentelés.

ITALIE

73 — Compotier daté.

SAINT-CLÉMENT

74-75 — Deux Porte-Bouquets dorés.

—

PORCELAINES DIVERSES

76 — Compotier en porcelaine de Sèvres, à fleurs.

77 — Assiette en terre de pipe, bords à jour, sujet central camaïeu.

78 — Potiche polychrome, décor poissons, en porcelaine de Chine.

79 — Plat rond (Japon).

80 — Petite Plaque, sujet libre bleu et violet (Delft).

81 — Grande Plaque à bouquets (Delft).

82-83 — Deux Plats en faïence de Delft.

84 — Plat bleu, chinoiseries (Delft).

85 — Une Cafetière, une Boîte à thé, un Bol, un Sucrier, en porcelaine de Saxe.

86 — Cafetière à bouquets (Saxe).

87 — Compotier, bords à jour (Saxe).

88 — Ecuelle à fleurs (Saxe).

89-90 — Deux Plats oblongs (Saxe).

91-92 — Deux Compotiers à fleurs (Saxe).

93 — Ravier à fleurs (Saxe).

94-95 — Deux Assiettes à fleurs (Saxe).

CURIOSITÉS

96 — Cartel de voyage, à armoiries.

97 — Bénitier en bois sculpté, Louis XIV.

98 — Bois sculpté.

99 — Triptyque en ivoire.

100 — Email de Limoges.

101 — Terre cuite : Bas-relief religieux.

102 — Christ en faïence de Rouen.

103 — Médaillon en cuivre repoussé (Joséphine).

104 — Deux Chandeliers Louis XIII, argentés.

105 — Deux Candélabres Louis XVI, argentés.

106 — Cent dix Matrices : Métamorphoses d'Ovide.

107 — Pot à tabac Louis XIV en marbre.

108 — Porte-Huilier doré en faïence de Saint-Clément.

109 — Cartel-Porte-Montre Louis XV.

110 — Flambeaux Louis XIII en cuivre.

111 — Flambeaux Louis XV.

137 — Pot à lait en faïence de Strasbourg.

138 — Pot à crème en faïence de Strasbourg.

139 — Deux Encriers en Rouen.

140 — Assiette en Delft.

141 — Assiette en Delft violet.

142 — Douze Assiettes dites révolutionnaires (Sera
divisé).

143 — Deux Assiettes en terre de pipe : Louis XVIII
et la duchesse de Berri.

144 — Petite Assiette polygonale en Delft bleu.

145 — Chandelier en cristal de Bohême.

146 — Tasse à chocolat en faïence de Saint-Clément.

147 — Sous ce numéro, les Objets non catalogués.

TAPISSERIE

148 — Tapisserie Renaissance d'une bonne conser-
vation, très intéressante : Rendez-vous de
chasse dans un parc ; avec île d'amour.
Architecture du temps. Nombreux petits
personnages.

MEUBLES

Vve RENOU, MAULDE et COCK, imprs de la Cie des Commissaires-Priseurs,
rue de Rivoli, 144.   300—44728